洪水企画

コラージュ　II

目次

なにものか 6
幽霊 7
イリュージョン 8
ポリューション 9
差異 11
オートマトン 12
P 14
マージナルマン 17
錯視 19
塗って 21
ディレッタント 23
記憶 25
竹の子掘り 26
夫婦 29
狭い料簡 31
無辜 34
Wさん 36
その人から 39
ジェントルマン 42

しあわせ 46
蚊 49
流木 50
秋空 52
希望 54
釣り 56
殺す 58
なっちゃん 61
直球 63
そよ 68
カレント 71
周期律表 74
進化 76
な 79
ど 82
こてこて 84
滂沱 86
セールス 88

コラージュ　II

なにものか

なにものかでないことはできない
人はそのいるところでなにものかであり
引き受けるしかないなにものかとされることで
なにものかとなっている
なにものかは生活の動力としてあり
とどまらずなり続けるものとして転質をしていく
なにものかはなにものか以外によって生じてこない
どんななにものかでも心を尽くして生きて
存在の可能性を広げるなにものかに向かうしかない
変わるも変わらないもどちらでもよいこと
なにものかでありつづけ超えつづける意志に
仮託をして流れていく

幽霊《ガイスト》

精神の作用は幽霊《ガイスト》である
思考を構成する力
是非を判断する力
これは幽霊《ガイスト》である
古い幽霊《ガイスト》に囚われていてはならない
だが新しい幽霊《ガイスト》は
古い幽霊《ガイスト》の変成でしかない
変成に変成を重ねて
古い幽霊《ガイスト》は新しい肉体を得る
社会的諸関係《アンサンブル》が幽霊《ガイスト》である

イリュージョン

イリュージョンは実在する
イリュージョンが実在するがゆえに人間は存在する
イリュージョンは絶対を志向し
疑念とともにあり
人間を縛る
自意識はイリュージョンによって構成され
それとわからないままたえず更新され
人間を支配する
イリュージョンは星図である
天の指標であり　存在の根拠の幻想である
イリュージョンは人間の外に人間を置き
人間そのものとして在る

ポリューション

ポリューションは繁茂する
ポリューションは手に負えない
ポリューションは我が体内に在り
ポリューションは筋肉を痙攣させる
ポリューションは脅迫する
ポリューションは炎になる
ポリューションは肉体を焼き尽くす
ポリューションは宇宙の淵源からやってくる
ポリューションは自己免疫反応で
宇宙の淵源を否定する
ポリューションは消尽しない
ポリューションは一所に留まらない
ポリューションは永久運動をする

ポリューションは闇夜に脳を食い続ける

差異

差異は現前して差異となる
差異は差異を刺激して肥大する
差異は差異を自然なものとし極大まで広げ隠蔽する
差異のロゴスは世界のロゴスであり
差異は至るところに必然のわなを仕掛ける
差異は差異を超えて浸透し支配のシェルターを作る
差異は内包され鬱屈され跳躍をする
差異は希望に走るが糾合されない
差異は分断をする
差異は怨恨をあおって突っ走りを使嗾する
差異は共同の幻想を演出しそれ自身となり君臨する
差異は増殖をし異境として包囲する
差異の磁場は生存のエネルギーを強く捻じ曲げる

オートマトン

オートマトンは説明できない
オートマトンはまぶしくて目が開けられない
オートマトンは感情が消えて立ち尽くす
オートマトンはどこにも飛べない
オートマトンは食べ物がガムになる
オートマトンは頭を下にして歩く
オートマトンは乾涸びたナメクジになる
オートマトンは自分のことがわからない
オートマトンは膝がいつもぴくぴく動く
コントロールできない
オートマトンはよたよた走り出す
林を越え　湖の中を抜けていく
水陸両用車になる

オートマトンは止められない
オートマトンは月を見て目から水を流す
オートマトンは何も残せない
オートマトンはロードマップが作れない
オートマトンは存在があっても存在がなく
いてもいなくても誰にも分らない
オートマトンは自分の意思を持たない
オートマトンはオートマトンを繰り返す
オートマトンはオートマトンの見えない計算式を生きる

P

Ｐドールは踊れない
踊らない
眠れない
眠らない
濁った眼で
固くこぶしを握り
取り戻せない夢を見ている

Ｐドールは戦えない
戦わない
進めない
進まない
雲の小部屋に住んでいる

見えない自意識を
放り出せないでいる

Pドールは考えられない
考えない
笑えない
笑わない
石を積み上げて
その上に小便をしている

Pドールは逃げられない
逃げない
求められない
求めない
あいまいな表情をして
まだらな記憶をフラッシュバックさせる

Pドールは応えられない
応えない
動けない
動かない
白いブドウを口に放り込み
ルサンチマンに蓋をする

マージナルマン

マージナルマンは強くなければならない
弱くあっても弱いまま強くなければならない
なにものにもならずなにものにも染まらず
なにものにもなり
今在ることを起点に
どんな乱数も引き受けて
狭間を自分で切り開いていかなければならない
和して同ぜず同じて和せず
今自分が為すべきと思うことを為して
為すように仕掛けられているとしてもそれを引き受けて
辺縁を走りきらなくてはならない
偶然であっても結果はすべて必然になる
超えてくる波を恐れず　自分の極限を自分で定めて

虚飾も講釈もなしに
自分の畑を一人で耕し
自分の権力を自分に向けて執行しなければならない
なにものでもありなにものでもない
マージナルマンは沈むこともなく昇ることもなく
万華鏡に踊らず
在る限りにおいて
どんな道でも
越えて坦々と歩き通さねばならない

錯視

深く息を吸う
吐き出した空気の先に山並みがあり
まぶしい光に包まれている
日本の自然だ
ある共同性の啓示を感じる気がする
そこに〈私〉が現象する
情報と経験がそのようにしている
違う空間と時間の場では
違う〈私〉が現象する
〈私〉は〈私〉の層を重ねて〈私〉になっていて
複数の〈私〉が関係の場で入れ替わり発現する
〈私〉は変化をし生存をコントロールする
〈私〉は〈私〉に堪えて

〈私〉の息を吐き
〈私〉を駆け抜ける

塗って

塗って構えを作り
塗って人と交わる
塗って胸を張り
塗っておもねる

塗って装い
塗って演じる
塗ってむなしくなり
塗ってどうでもよくなる

塗り重ねて今になり
塗り重ねて戻れなくなる

塗って自分がわからなくなり
塗ってなお自分を求める

塗ってこじつけ
塗って力を求める
塗ってまごつき
塗って走り回る

ディレッタント

張りつめて　張り替えて
塗り変えて　塗り固めて
確かなものを作る
確かでなくても
確かなものにするように
意識を作用させる
見せかけであっても
欠落があっても
隠しようがなくても
あり得てもあり得なくても
在るもの見えるもの
まとい付いているものを材料に
次々生じる事象に対応をして

自分を構成する
先を目指そうが目指すまいが
時間があろうがなかろうが
ディレッタントとして
仕掛けられた動機に解答を出し続ける
能弁に流麗に　スマートに
上昇志向の雲をたなびかせる

記憶

遠くはない
近い自分を見ている
近い自分が遠い自分を作り出している

欠落は記憶をよび覚まし
穴埋めしようとするが
近い自分は遠くに行くことはできず
埋められないまま自分のレンズの中にとどまる

ポラロイドのフィルムが
都合よく景色を構成する
重ならなくてもずれていても
それが正しい記憶になる

竹の子掘り

急峻な山道を登る
籠を背負い　とんがを持つ
杉林の中腹から竹林に入る
これから竹の子を掘る
竹は祖父が植えた
父の代で市場に出せるようになった
二人ともいない
今はイノシシの開けた大穴がいくつもある
糞だらけだ
食い散らかしの竹の子があちこちにある
枯れて倒れた竹が目立つ
掘る竹の子がない
わかってはいても

掘る時期だから来ている
生活とはそういうものだ
一本でも二本でも残っていれば
家族でそれを分け合える
祖父も父も思いは同じだったろう
引き継いでいる
山は荒れていく
整備をすればよいのはわかるが
掘りに来るだけで精いっぱいだ
沢が埋まり　隣の山との境もわからなくなっている
息子は掘らないだろう
少し伸びた竹の子の先はサルが食いちぎる
うちの竹の子はこの辺じゃ一番の味よ
父の言葉はその通りだが
新しい竹が立たない
山に人は入らなくなる
入れなくなるだろう

来るまでの道も崩れてきている
子どももいなくなっている
それぞれが老いて自分のテリトリーの確保に精一杯だ
この山の裏側の共同墓地も草に覆われるだろう
奇矯な人だけが住むエリアになる
新しいふるさと作りをする力など残っていない
それでもおれはとにかく足を踏ん張って傾斜地を移動する
来られる限りは毎年来る
生きるとは肉体を使い
肉体で自然と心を交接することだ
山に住むとはそういうことだ
古い時代のメッセージで　もうおれ限りの通念で
自分のための合理化の理屈でバリアでもあるが
矜持と狷介の紙一重の橋をおれは渡り続ける

夫婦

掌の温かさを握りしめる
唯一絶対の関係はないが
年を重ねると少し近づく
他の人との関係が細くなるから
支え合わなければ生きられないから
そう思いたいのかもしれないが
もう解体することはないだろう
愛と呼んでよいのかわからないが
やがて別れるまでの時間を共有したいと思う
恕し合って生き合いたい
体の自由が利かなくなり
記憶も認知も混乱し
懶惰になるかもしれない

そうなっても今が生きているときで
その時の自分が自分になる
抱きしめ合うことは気持ちの良いことだ
ジャンピングボードであり続けたい

狭い料簡

風呂場で手足を伸ばす
冷えた手指足先に血液が通る
この気持ちの良さを感じられることはしあわせか
感じられないよりはそうだろう
六十も半ばを過ぎ
先が見えたところでよかった人生なのかそうでないのか
見方次第ということは言えるだけよかったのだろう
風呂に入れない人もいるし
家の中で暮らせない人もいる
そうした人のことは自分が生きられないという理由で
切り捨てながら生きてきた
所詮は外れることのこわさがあって
丸い収まりの中に入りこんでいた

説明はどうでもよい
安定した生活を志向してきた
分岐があったにしても他の方向に行かなかった
行けなかった
そういう人生の先に今のおれがあり
結果的にそれ以外にない形で風呂に今入っている
老人の生活が始まっている
判断が遅くなっている
わかりやすく認知を構成しようとしている
自分都合が表に出てきている
おれは人間全体の中のおれで
誰かや何かを手掛かりに行動しているのに
おれはおれで
おれが変化しておれを続けると言い続けている
豁然大悟することはないだろう
進化を進化させてきたのが人間だ
いつか風呂場もいらなくなるかもしれない

飯だって食わなくてすむかもしれない
狭い料簡の殻を背負って
まだしたいことをしたいと思っている

無辜

アルミのようなすべすべの能弁とつやつやの笑顔
我れをおいて我れに如くものなし
でも疲れている
純心なるものの抱擁に心洗われたいが
「汚れっちまったかなしみ」は落ちそうにない
なんだかわからないまま
年を重ねてきた

EMOTIONAL BALANCE
むずかしく
COOL JUDGMENT
できるわけなく
LEGACY

残そうとしても何もなく
PONと人生の栓が抜けないまま
無方向を方向づけられ
無限宇宙を通過している
既成にとらわれ
既成の中に我れがあり
我れは自己都合に変成した既成で
変色するカラー粒子として加速されている

無辜の心根
痛切に信じたいが
信じられない

Wさん

はしゃいでしがみついてみんなから迷惑がられていた
タオルを噛みながら浮かない顔で窓から外を眺めていた
食べられそうなものはすぐ口に入れて噛まずに呑み込むので
焼きたての餅を奪って口に放り込んだ時には
喉をやけどしたこともあった
水をたくさん飲んで夜尿をよくした
声を上げて走りまわっていることも多かった
時おり声をかけられたときに
恥ずかしそうにうつむいて返事をして
「かわいい」ところも見せていた
散歩に誘うとよく歩いたし
気持ちが入ると薪用の材木をのこぎりで集中して切っていた
最後は誤嚥性肺炎になって

四十も半ばで戻らない人になってしまった
Wさんにとって満足のいく人生だったのか
施設というところで二十四時間管理をされ
他律的と言えばその通りのスケジュールの中で生活をしていた
現にその時そこしか身体ごと受け入れる場所がなく
今生きなければならない連続をそこで過ごした
人間の尊厳がないがしろだと語ってみても
そのような場所しか用意ができなかったのがこの社会だった
Wさんはそんな質問を自分にしなかったろう
欠如しているものを補充する
自分でもわからない自分の思いを受け止めてくれる人がいて
楽しい気分になること
なければそれを無理にでも作り出すことが意識の中心だった
Wさんは生産的な労働者ではなかった
生産物を蚕食する人だった
社会の度量が試される人ではあっても
社会経済的な貢献をする人ではなかった

最小投資の最大効果の舞台を生きていた
その中で自分を守り　自分を保とうとしていた
美しい心や無垢な魂の持ち主としてではなく
（そう言ってもよいのかもしれないが）
生身の先の見えない自分ではコントロールの利かない
無形の欲求を生きる人として（そのように見える人として）存在した
人はそれぞれがヒトという種の一つの芽を生きる
経験の範囲の言葉で（感覚で）生と自分を理屈付けて行動する
Wさんの行動がどう見えても
WさんはWさんで他の誰とも同じように
その芽を懸命に生きた
一個の生は大切にされなければならないと思う

その人から

その人は自分の排泄物を口に入れる
そこに物があるから
排泄をしたことと物との関係は切れている
排泄という行為にもおそらく意思が働いていない
歯磨きをして不快な異物の除去をしてもらっても
おもしろくなさそうにうなって大きく体を揺する
生産活動や創造活動から遠いところにいる
生きる価値があるか
問うた者は自分には知力があり
自分の活動が社会の役に立っていると思っている
存在の効用は効用を言わねばならない社会がなければ発想されない
生きる価値はなによりもまず存在することそれ自体に内在する
命を更新して自分の生命活動の可能性を広げ

自分の今を肯定し続ける在り方の内にある
双方向的なコミュニケイションが成立しない
自覚的な行動ができない
他の人の支えなしに自分の命のコントロールができない
己を対象化する知が失われている
認識としての生命活動がない
その人を支え　助ける価値はどこにあるのか
効用にはかかわりなく　助けることは
今あることから次にあることに向かって
その人の生きられる可動域を押し広げ
生きる力の導出を認めることだ
助けられる力を身の内に覚え
ともにある命の力の共有を感じ
助けた者が自分の生きる力を内発させられることにある
同質を言おうと異質を言おうと生きることに差異はない
生きる価値は未来からやって来る
生きる不具合を取り払い

状況を収め　命の安定をそこに見出す
新しい我がことと汝がことがやってくる
生きて在り　生き合える知を
ないものにする知に拮抗させなければならない

ジェントルマン

ジェントルマンはいつもスーツで散歩する
暑くても寒くても
ネクタイは絶対着用
革靴の音をたしかめながら
手を振り　腰でリズムを取り
歩いていく
糖尿病があるからではなく
医者から言われたからではなく
妻に送り出されるからではなく
退職が受け入れられないからではなく
最後まで自分の根拠として
自分を全うするために
毎日スーツに着替える

歩かないことには
身体がなまくらになってしまう
まだまだできることがある
いつ会社から呼び戻されるかわからない
太平の世に甘んじる武士にはならない
スーツは戦闘服だ
やり抜く意思がここには込められている
止まらないこと
繰り返すことを欲すること
同じ手順で同じことを確実にこなしていくこと
それが人間で倫理というもので
生き方で
それこそが合理性というもの
ジェントルマンは強いない
己を貫く姿を
背中で見せる
それだけだ

見る者は見る　見ない者は見ない
付く者は付く　去る者は去る
坂を越えたら家だ
妻が待っている
風呂に入ってビールを飲んで
一休みして　草むしりをする
できることをし続ける
それが社会生活というもの
人の役に立ってこそ人間だ
旅行もゴルフもカラオケも
興味がない
息子も娘も家にはいない
とにかく仕事一筋
評価の低空飛行と揶揄されても
確実をモットーに四十年やり切った
あるとき会社への道がわからなくなった
お金を数えられなくなった

医者に行き　入院をした
軽度の認知障害と言われた
退院をして出勤をしたら上司に呼ばれ
今辞めるのが有利だと言われた
辞めることにした
それでもわたしの人生の価値に変わりはない
わたしは仕事をとおして社会の役に立った
終わりは新しい始まり
始まりに終わりはない
わたしはわたしの戦闘服で前進する
気はいつも充溢している
わたしは有用である
一時停止をしているだけのことである
進路は多方面にある

しあわせ

（正弦余弦正接正割余割余接逆正弦逆余弦逆正接
オーソレミオアスタマニャーナコンブレオウイトレビアン）

しあわせだったのだろうか
耐えていたのだろうか
考えることなど考えられなかったのだろうか
通り過ぎることだけを願っていたのだろうか
何かをしたいと思っていなかったのだろうか
髪の毛も真っ白になり目もよく見えなくなり耳も遠くなり
食うことも飲むことも排泄の処理も人任せになり
褥瘡の痛みも訴えられず　為されるだけの
すべて受け身の生活をしていた
いまいましさもなさけなさもくやしさも溶け込んだ

霧のような感情の流れに生きていなかったか
（アセトアミノフェンイソプロピルアルコールメチルメルカプタン
シクロヘキサノールトリクロロエチレン硫酸ラウリルナトリウム）

どうでもよいことだ
時間が続いたまま途切れない
赤ん坊ではない
だが自立し判断し自由に意思を発動する主体ではない
老人は生きる価値の乏しい死に近い生にただある者にされていた
生の持続はそばにいる者の裁量に委ねられ
そばにいる老妻は舐った芋をさらにすり潰して水に溶き
少量を毎日口の中に注ぎ入れた
そのたびに咳が込み上げ口角から液が流れ
儀式は中止された
自己欺瞞のない善意はそのまま続き
老人の人生はやがて終結し

老妻もまた人生を終結させた
良いも悪いもそれしかない道に二人は生きた
（イノベーションリノベーションダイバージョンハイテンション
包摂飽和包絡崩御澎湃砲丸崩落幇助放屁放精豊作蜂起放棄箒）

時間は戻らない
自由は反転する・束縛する・思いがけず転変する
しないかもしれないがするときはする
境涯は受け入れるしかなく
いつも今を出発点にしてリセットをくりかえすしかない
そうなっている

蚊

うす緑の蚊がよれよれ飛ぶ
季節の終わり
懸命であることに間違いはないが
ただそれだけ
吸血できる筋肉の作動がない
徘徊もしくは譫妄
認知症
自分がどこにどう向かうのかわからないまま
在ることに在り続けようとしている
遺伝子に仕組まれていること
今をしのぎ続けた生がもうじき終わる

流木

流木が
ぶつかり合い　折り重なり
湖を覆う
皮を剥かれ
日に曝され
生命の活動を断ち切られている
行きようがなく
水を吸って
重いだけの
浮き並ぶものとして
除去されるだけの
腐るのが待たれるだけの
即物の集列になっている

抗い得ない力には抗えない
認めることしかできない事実が
目前にある

秋空

玄関にコオロギが入る
入ってはいても
そのうち乾いて動かなくなる

庭のポポアに実はもうつかない
樹皮のすべてが固く筋張り
養分は上がらず
虫も寄りつかない

山の畑に茅が根を張る
蔽い尽くす
人間のための土でなくなる
イノシシが掘り返す

無住の寺に
小さなまるい墓石が並ぶ
彫った字も消え
普通の石になっている

飛行機が通り過ぎる
あちらとこちら
互いが見えず交錯して
消えていく

希望

薄い雲が浮かぶ
細胞にも星雲にも見える
晴天の冬

けやき並木が続く
黒い馬の首のような樹皮が光る
コンビニの前

杉の枝が垂れる
実が赤茶けて花粉がつき始めている
農家の裏山

希望がある風景なのか

そうでないのか
見分けがつかない

雑木が空に手をかざす
遠い山並みに
意思が霞んでいる

釣り

しがらみを取り払う
ただ行為
気分が晴れている
俗世の欲求をあれこれ過ぎらせながらも
川に糸を入れて流す
ヤマメが食ってくるかどうか
そこに意識が集中する
掛かればうれしいし
掛からなければおもしろくない
瀬を渡って岩を越えて遡行する
川はきれいでなければならない
水の流れが心の澱を流す
そこから上がってくるヤマメも美しくなければならない

遊びで殺す　気晴らしで命を奪う
そんなことはできないと釣りを拒む人もいる
釣りをしても釣るだけで　魚を放してしまう人もいる
おれはそれほど清らかではない
魚籠の中に魚を収める
充たせない思いの代償
そう言われても　そうする
釣りをしておれはおれにまとい付く見えない網を外す
女神を川から引き上げて自分のものにする
今はそれしかないものとして満足をそこで味わう
明日になれば元の木阿弥
解放も解脱もないが
「得る」ことに没頭する
得て　せざるをえない〈次〉のことを捌いていく

殺す

蚊を両手を叩き合わせて殺す
蝿を追いかけて蝿叩きで殺す
普通のこととしての殺しは当たり前に実行される

卵を産まなくなった廃鶏を食べるために殺したことがある
頸動脈を切り逆さにして円錐状の筒に入れる
血が垂れてくる
鶏は最期に羽をばたばたさせて息絶える
熱い湯に入れ羽を取り内臓を出す
作業にすぐ慣れたことを覚えている
どう食べたかは覚えていない

殺すことには慣れる

殺すことは日常にある
殺すことの選択はいつでもなされる
ニュースは発生し通り過ぎるものとして
意識の外にすぐ置かれる

生存にとって必要であればそのものを
生存を侵すものがあればそのものを
不要で処理をしなければならないものがあればそのものを
人間は殺す
自分の生存に必要な環境をそのあとそこに整え
それ自体としてより豊かである日常を見出そうとする

なぜ人は人を殺してはいけないのか
この問いはなぜ人は無闇に人を殺さないのかという問いに転轍される
殺さない選択が互いの生活に有益である可能性があるから
あえてそこに踏み込む必要がないから

殺すことは存在する
殺さない意味を秤量し続けていくしかない

なっちゃん

なっちゃんはなっちゃん
みんなといっしょでなくていい
なかよくしてもらわなくてもいい
ないたりしない
なかまはずれになってもいい
なっちゃんはじぶんがしたいことをする
おにんぎょうさんにならない
おべっかつかわない
うそのことばはだいきらい
なっちゃんはなつみかん
きいろくておおきくてすっぱくて
どっしりしている
すりよらないし

すりよられたくない
なっちゃんはなっちゃん
なんでもいっしょはいや
ひとりでなんでもできる
なっちゃんはなっちゃん

直球

直球　直球　直球　直球　直球
まだ直球　直球　直球
また直球　直球　直球　直球　直球
どこまでも直球　直球　直球　直球
カーブは投げない
チェンジアップも　シンカーも
シュートも　ナックルも　フォークも
投げない
直球　直球　直球
打たれない
打たれても打たれない
バットを後ろに飛ばす
直球　直球　直球　直球

いいんだ
速い球を
重くなくても
回転数がどうでも
投げる
おれの身体が直球
おれの腕が直球
足も直球
どこもかしこも直球
心臓も直球
ホップしなくても
お辞儀をしても
人差し指と中指と親指で支えて
振りかぶって
セットポジションにはしないで
腕をしならせて
しならなくても

打者がビビる
ビビらなくても
唸りを上げる球を
唸りがなくても
ミットにばしんと収まる球を
軟弱な球でも
届かなくても
投げる
投げる　投げる
投げる
投げる　投げる　投げる
投げさせてくれなくったって
投げる
豪気に行く
直球　直球　直球　直球　直球
真珠の直球
白亜の宮殿の直球

地中海の海の色の直球
惚れ惚れするぞ
安ボタンの直球と言われようと
ぼろ家の直球と言われようと
溜まり水の直球と言われようと
ど真ん中を
すごい運動エネルギーで通過する
リニヤなんてものじゃない
消えてしまう魔球
さすがの魔球
魔球オブ魔球
見えない
直球
直球　直球
直球　直球　直球　直球　直球
打てない直球
打たれても打てない直球

最高のアートの直球

そよ

そよ
そよ
そよ
そよ
そよ
そよ
そよ
そよ
そーよ
そーよ
そよ
そよ
そよそよ

そよそよ
そよ　そよ　そよ
そよ　そよ　そよ
そよ
そよ
そよ

そーよ
そーよ
そよそよ
そよ　そよ
そよ
そよ
そよそよ

そーよ
そーよ
そよ
そよ

そよ
そよ　そよ
そよ

そよ
そよ
そよ
そよ
そよ
そよ
そよ
そよ
そよ
そよ

そよそよそよ

カレント

sin

cos

tan

反対は

sec

cot

cosec

詮無いこと

芙蓉

黄昏

キンダーガルテン

手風琴

赤提灯

ヘタリ貝

白金台

ダウンバースト

浅き夢見し

いろはがるた

コンプリートレス

コンテンポラリアート

急いで　ベイビー

ϕ

ψ

θ

離岸流

枯れコスモス

モズのいけにえ

北山おろし

テロメア

蛇蝎蛮勇

ビヨンド

カレント

周期律表

水素リチウムナトリウムカリウムルビジウムセシウムフランシウム
ベリリウムマグネシウムカルシウムストロンチウムバリウムラジウム
スカンジウムイットリウムランタノイド系アクチノイド系
チタンジルコニウムハフニウムラザフォージウム
バナジウムニオブタンタルドブニウム
クロムモリブデンタングステンシーボーギウム
マンガンテクネチウムレニウムボーリウム
鉄ルテニウムオスミウムハッシウム
コバルトロジウムイリジウムマイトネリウム
ニッケルパラジウム白金ダームスタチウム
銅銀金レントゲニウム
亜鉛カドミウム水銀コペルニシウム
ホウ素アルミニウムガリウムインジウムタリウムニホニウム

炭素ケイ素ゲルマニウムスズ鉛フロレビウム
窒素リンヒ素アンチモンビスマスモスコビウム
酸素硫黄セレンテルルポロニウムリバモリウム
フッ素塩素臭素ヨウ素アスタチンテネシン
ヘリウムネオンアルゴンクリプトンキセノンラドンオガネソン

進化

世界
　樹上の鶏が見る空
自分
　八本の足を絡み合わせている蛸
家族
　古いロケットを回収するロケット
社会
　鱗落として落としきれない魚の鱗
教育
　粘土で作る鎖かたびら
権力
　古い油につぎ足す油
政治

焚書坑儒
制度
海に浮かんだ象の皮膚の断片
関係
洗面器のエントロピー
道具
魔女が煎る丸薬
意思
宗教家の後出しジャンケン
言葉
玉ねぎの皮の演奏
存在
焼け落ちた城の黒米
自然
風に飛ばされていく蛇の抜け殻
行為
雲に隠れた茅の根

天然記念物
　亀の甲羅に刺さった鍼灸師の鍼
生物多様性
　ノアの船に乗れない生物のレコード
宇宙
　海に漂って見る見えない月
月日
　貘に食われる蟻塚の蟻

な

ナッシング
　トランキライザー
ナノテク
　看板娘
ナロード
　便利屋
南蛮漬け
　壺の中の水
涙目
　曲がって下る高速道路
ナツメヤシ
　段違い平行棒
なんくるないさー

土星の環

納豆
　へっつい
なっぱ
　豚足
なーんも　見えん
　火星のピラカンサス
ナノメーター
　宝焼酎
ナースコール
　とんでもはっぷん
南沙諸島
　サメ皮のキス
ナンパ
　ソロバンじゃあね
なっちの山
　ホシは落とせないぜ

なんざんす
　らしくたってそれしかねえだろう
ナックル
　海苔の佃煮
なめろう
　井戸の底は石だらけ
泣き落とす
　電線を巻いたでかいテーブル
南都六宗
　コブラツイスト

ど

幽霊船×ハイテク企業×線香
宇宙線×バイガイ×宗教社会学
感情×山巓×フータロウ
M&A×卒業式×草取り
船舶免許×積乱雲×納豆
ドライフルーツ×YAKUZA×枕
書籍×遠浅×肩甲骨
おひねり×幣束×ジャガー
夢遊病×ハンコ×造作
ラップ×骨抜き×郭公
村八分×炭酸水×尊王攘夷
雷の日×赤い舌×断熱材
五臓六腑×スズメ×ソバージュ

なんくるないさー × フォーク × 飯綱権現
まさかり × 滑床 × 免停
ドラクロワ × 八朔 × 鍛治屋
無垢材 × 完敗 × 機関車
豆炭 × トランキライザー × 馬の小便
平和 × 金魚 × 臓物
マチルダ × 井戸 × トロンボーン
弩 × どどど × 土管

こてこて

カワニナ窃盗ビア樽滝行
グルコン半蔵門線桜チップ血管
シリカゲル骨抜き松前藩コンドミニアム
赤目の滝コモドトカゲ虚空蔵菩薩俎板
塩湖狸結膜炎空理半鐘ミネストローネ
爪蜃気楼完全無欠裾上げ嘘八百碁盤の目
砂漠チェーンソー鬼子母神胆嚢眼帯酔拳
煮干し財政投融資漂着ＭＭＲ火焔太鼓みぞおち
鳳凰ピアニッシモ鉄砲魚ソリューション河童
鬼場ゴンザレス木槌兵糧サルノコシカケ蓑虫便座
カマンタレブ念仏ラジコン連星コロシアム艶笑尻取り
パラシュート隠匿雲仙岳コバルト大潮バリ取り
アロエベラ印税マムシ地下鉄桿状菌ほの字マッチ

中折れ陽炎はったり洞穴牛乳カタツムリ債権
完全懲悪被差別もっぱら因果すけこまし冬の大三角形
他力本願サーフィン方解石橡ふんどし一心不乱
ゾロアスター磐越西線外れ馬券タニマチ霊感耳
金科玉条前厄ミドリガメ粉塵キラキラネーム痛点
こてこて

滂沱

薄靄のゾンダーン
カエルのペルソナ
窓枠のレジストリに寒念橋を閉じ込める

Nothing but
ゼニゴケのスプラッシュ
沃野のキルシュにトルコ桔梗のウイニンググラン

脱力するニエット
夾竹桃のハイパラクティブ
百葉箱から伸びるリュージュの氷をなめる

猫目石のウンベルト

ジラフと夜盗虫のセッション
滑空する大理石がアペリティフを砕いていく

滂沱たるにあたわない滂沱
羊皮紙の影が溶ける
ガラス片のプシュケーが海嘯のペイント

セールス

魂ってやつ　売りませんかね
あたし？
天使の下働きですよ
しあわせなシャブとでも言いましょうか
魂ってやつはふわふわした気体の塊りなんですがね
こいつを呑むと
何とも言えない快感に充たされるんですよ
いいえ　あたしは呑んだことがないんですがそうらしいですよ
ところで　魂を売ったからって
どうってことないですよ
生活も気持ちも変わりません
いや　かえっていつも気分快適です
悟りの世界に近くなります

買い手ですか？
普通の人間です
金持ちですがね
一本は行きます
桁は想像に任せます
なにぶん金ってやつは誰にでも役に立つものなので
仲買をしてあたしも生計を立てています
思うに魂ってのは
変に自分にこだわるように作られているもので
人間にとっては不幸の源と言っても良いものだと思いますよ
どうです　売りませんか
今日はお得意さんとの約束の期日なので奮発します
一本出しますよ
一本は一本ですよ
桁はご相談です
なんならあんたにほかで買った魂を売りましょうか
定期購入してもらっても結構

最後は自己破産ていう手もあります
いや　冗談を　すみません
売るときの魂の取り出し？
こりゃ簡単です
この器械を咽喉に当ててふーっと息を吐いてもらうだけ
それだけで一本
楽勝ですよ
自分で売る？
そりゃ難しいでしょう
この取り出し器もないでしょう
いろんな手蔓手順てものがあります
お教えもできませんしね
おう　その気になりましたか？
即金です　二本行きますよ
特別サービス
宝くじよりはるかに確実でしょう
どうぞ札束二千万円

紙切れ？
そうですよ
お遊びなんですから
魂なんてあるわけありません
まして取り出すなんて
あなただってそうお考えでしょう
遊べたでしょう
つまらなくても大道芸
お笑い料一本お願いします
でなければこの器械で本当に魂を取ってしまいますよ
そうなればあなたは人間ゾンビ
酸いも甘いもわからなくなります
極限生ける屍です
嘘じゃありません
できるんです
さあ　一本お願いします
桁はご相談です

夢の中に入り込んででも取りに伺いますので

菅井敏文（すがい・としふみ）
1950年生。詩集『INERTIE』(1999年)、
『コラージュ』(2016年)
〒192-0156　八王子市上恩方町3977

詩集
コラージュ　II

著者………菅井敏文

発行日……2019 年 8 月 25 日
発行者……池田康
発行………洪水企画
〒 254-0914 神奈川県平塚市高村 203-12-402
TEL&FAX 0463-79-8158
http://www.kozui.net/
装幀………巖谷純介
印刷………モリモト印刷株式会社
ISBN978-4-909385-15-4